阪田寛夫詩集

ねこふんじゃった

童話屋

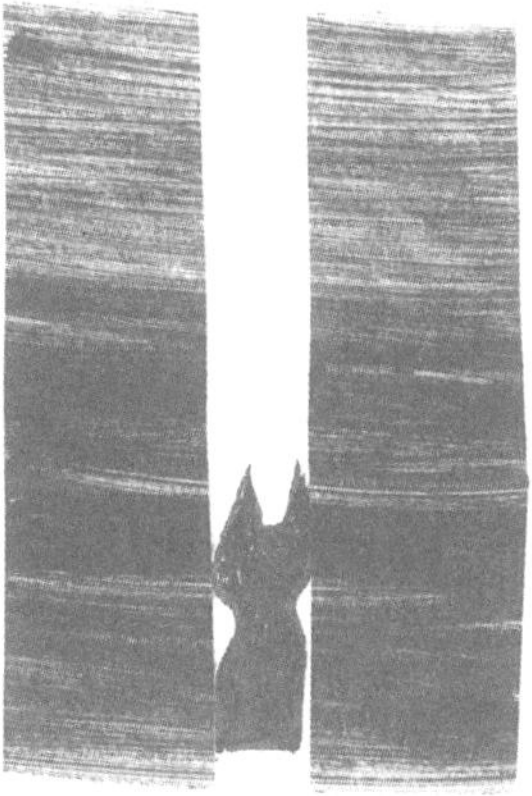

目次

装幀・画　島田光雄

ねこふんじゃった

ねこふんじゃった　ねこふんじゃった
ねこふんづけちゃったら　ひっかいた
ねこひっかいた　ねこひっかいた
ねこびっくりして　ひっかいた
悪いねこめ　つめを切れ
屋根をおりて　ひげをそれ
ねこニャーゴ　ニャーゴ　ねこかぶり
ねこなで声　あまえてる

ねこごめんなさい　ねこごめんなさい
ねこおどかしちゃって　ごめんなさい
ねこよっといで　ねこよっといで
ねこかつぶしやるから　よっといで

ねこふんじゃった　ねこふんじゃった
ねこふんづけちゃったら　とんでった
ねことんじゃった　ねことんじゃった
ねこお空へとんじゃった
　青い空に　かささして
　ふわり　ふわり　雲の上
ごろニャーゴ　ニャーゴ　ないている

ごろニャーゴ　みんな　遠めがね
ねことんじゃった　ねことんじゃった
ねこすっとんじゃって　もう見えない
ねこグッバイバイ　ねこグッバイバイ
ねこあしたの朝　おりといで

あそぼ

いこちゃん　あそぼ
けんちゃん　あそぼ
ともちゃん　あそぼ
まあちゃん　あそぼ
じろちゃん　あそぼ
さわちゃん　あそぼ

おっこちゃん　あそぼ
ゆきちゃん　あそぼ
しなちゃん　あそぼ
やっちゃん　あそぼ

あ　と　で

それから　じゅうねん
ごじゅうねん

ニンゲン

ニンゲンってなんだろう
ニンゲンってのはなくものさ
おじいちゃんはそういった
だけどぼく
おじいちゃんのないたの
見たことないや

ニンゲンってなんだろう
ニンゲンってのは死《し》ぬものさ

お兄ちゃんはそういった
だけどぼく
おにいちゃんの死んだの
見たことないや

ニンゲンってなんだろう
ニンゲンってのはわらうもの
おかあさんはそういった
だからぼく
おかあさんとふたりで
ニコニコ　ニコニコ

おとこの子

昨日《きのう》　ヤッくんが
ナナちゃんを　かんだ
だれかが　先生に　いいつけた
「なぜ　かんだりしたの」
イツ子先生が　キュッとにらんで
ヤッくんの　頭を　おさえつけた

「みんな　どうおもいますか」
ヤッくんは　ちょっと赤くなった
それから　先生の　セーターの
そでに　そうっと　歯をあてた
「きゃっ」と　先生が
腕《うで》をおさえて　とびあがった
「はーい」　四郎《しろう》が　手を上げた
「すきだから　かんだんだ」

サッちゃん

サッちゃんはね
サチコって　いうんだ
ほんとはね
だけど　ちっちゃいから
じぶんのこと
サッちゃんて　よぶんだよ
おかしいな　サッちゃん

サッちゃんはね
バナナが　だいすき
ほんとだよ
だけど　ちっちゃいから
バナナをはんぶんしか
たべられないの
かわいそうね　サッちゃん

サッちゃんがね
とおくへ　いっちゃうって
ほんとかな

だけど　ちっちゃいから
ぼくのこと
わすれてしまうだろ
さびしいな　サッちゃん

おおきい　ちいさい（お母さんと手を較《くら》べる歌）

おおきい　ちいさい
おおきい　ちいさい
おおきいおおきい
ちいさいちいさい
おかあさんの手
わたし（ぼく）の手

ちいさい　おおきい
ちいさい　おおきい

ちいさいちいさい
おおきいおおきい
おかあさんの手
やつでの葉

あわせて　あわせて
あわせて　あわせて
あったかいあったかい
あったかいあったかい
おかあさんの手
わたし（ぼく）の手

すき　すき　すき

ようちえんで　まちがえた
せんせいのこと
おかあさん、てよんじゃった
ぼくは　あかくなって
せんせいは　もっと　あかくなって
そんなに　おかあさんが

すきなのねって
いいました

おうちで　まちがえた
おかあさんのこと
せんせい、てよんじゃった
わたし　びっくりして
おかあさん　もっと　びっくりして
そんなに　せんせいが
すきなのねって
いいました

せんせいは　せんせい
おかあさんは　おかあさん
おなじじゃないけど
すき　すき　すき！

いちばんすきなひと

いちばん　すきなひと
だれですかって
おばあちゃんに　きいたんだ
「えーと　えーと
　それはね　おかあさん」
あれっ　おばあちゃんも
いっしょだね
ぼ・く・と

いちばん　あいたいのは
だれですかって
おじいちゃんに　きいたんだ
「えーと　えーと
　それはね　おかあさん」
あれっ　おじいちゃんと
いっしょだよ
わ・た・し

イツ子先生

やめろ

やめろ

イツ子先生

およめにいくの　やめろ
赤ちゃんなんかだっこして
白いふくなんかきちゃって
にっこりわらって電車の中に
すわったりするの　やめろ
おむこさんのゆびさきつまんで

かいものにいくの　やめろ
それでも学校やめるなら
みんなの手を　ぎゅうっと
にぎってからにしてちょうだい

おかあさんをさがすうた

かけて　かけて
かえってきたのに
おかあさん
いないんだ
いやだなあ　おかあさん
こんなにいっぱい

つくしんぼみつけて
きたのにな

はやく　はやくと
かえってきたのに
おかあさん
いないんだ
いやだなあ　おかあさん
こんなにきちんと
やくそくまもって
いるのにな

なかも　そとも
やねもみたのに
おかあさん
いないんだ
でてきてよ　おかあさん
かくれんぼだったら
さがしてつかまえて
やるのにな

かぜのなかのおかあさん

おかあさん
としをとらないで
かみがしろく
ならないで
いつでもいまの
ままでいて
わらっているかお
はなみたい

おかあさん
ねつをださないで
あたまもいたく
ならないで
どこかへもしも
でかけても
けがをしないで
しなないで

おかあさん
はながさきました

かぜもそっと
ふきますね
いつでもいまが
このままで
つづいてほしい
おかあさん

あまえんぼう

あまえんぼうは
はずかしい
だれかにみられちゃ
はずかしい

あまえんぼうは
はらがたつ

だれかがあまえちゃ
はらがたつ

あまえんぼうは
もうやめた
きょうから　はなごえ
ださないよ
ねえ　ねえ　おかあさん
ねえ　ねえ　ねえ

なまえ

じいたんは　なぜ
じいたんて　いうの？
それは　ちさちゃんが
じいたんと　よんだから
ちさは　なぜ
ちさって　いうの

それは　おとうさん　おかあさんが
ちさちゃんと　よんだから

じいたんは　おとうさん　おかあさんが
じいたんと　よばなかったの？

じいたんと　よばなかったよ
たろちゃんと　よんだよ

たろちゃん

はーい

あさ

あめ　やんで
みちの　におい
みずたまりの　におい
においの　なか
あるいて　いくと
じいたんが　きた
ぽたぽた　おとする

くつで　わかった
ひざのとこ　ふくれてて
ずぼんで　わかった
じいたん
どこみてるの？
いし　ひかって　いいにおいよ
じいたん
きいてる？

きいてるよ　と
じいたんが　しゃがんで　くんくんくん
いいにおいね　ちさちゃんは

おとうさん

おとうさんのかおに
しみがある
いつのまにできたの
よそのひとみたい
ぼく　なんだか
かわいそうだなあ
おとうさん

おとうさんがひるま
うちにいる
いつのまにかえったの
よそのひとみたい
ぼく　なんだか
しんぱいだなあ
おとうさん

おとうさんがたたみに
ねそべった
へんないびきかいてる

よそのひとみたい
ぼく　こんばん
おはなし　してあげよう
おとうさん

父について

自分のなかに父親を探す
いる筈ないよ
育児ニゲル　躾マカセル　指針モタズ
あったかいよい思い出の一つも残せず
子どものために何をしたかと問われれば
離婚した後で困らぬようにと予め自分のことを
「おじさん」と呼ばせてきたことぐらい
いまでは「おじーさん」が
その子らに助けてもらって一段ずつ休んじゃ階段昇り

せなかの　さかみち

おじいさんの　せなかの
さかみちは
やさしい　やさしい
さかみちね
おじいさんも　とことこ
のぼれるような

おばあさんの　せなかの
さかみちは
まあるい　まあるい
さかみちよ
こねこくんも　ときどき
やすめるように

われ鍋・とじ蓋について

その夕暮れ、信州から戻るなり老妻は
摘んできた山椒の若葉を萎《しお》れぬうちにと
エプロンかけて揚げだしたが
右手の長箸が一本にしか見えない、と訴え
横になってからは食卓のおれに
「サンショのてんぷらおいしかった？」
と五度も六度も声かけた

それが頭の事故のシグナルと気付かず
そのつどウマイウマカッタと調子を合わせてた
情なや、女房の脳梗塞《のうこうそく》のおかげで
呆け加減が今頃やっと釣り合ったとは
これぞわれ鍋にとじ蓋《ぶた》か
と、とじ蓋亭主のしたり顔に
われ鍋妻の言い条は
「駄目な亭主と付き合わされて四十七年
あわれなべに、どじブタだわ」

老老介護について

九月某日　今日はデイ・ケア
呆けた死にたいと嘆く妻を送り出せば
介護保険がくれた真昼間　輝く自由時間
洗濯布団干読書より先ず昼寝の矢先宅急便
だがパン屋と銀行廻って帰る午後には
幼稚園からもうすぐ帰る子を持つ母親の心境
――早く独りになって楽しく過ごしたい

荊妻《けいさい》積年の願望をふと思い出す
「やっぱり先に死んでほしいかね」
機嫌よくバスから降りてきた妻に聞けば
うん、死んでほしい、と答えた

さよなら

少女歌劇という言葉が生きていた頃
女学生は手紙の最後を小夜奈良と結んだ
やすらはでねなましものをさよふけて
の、小夜福子
いにしへのならのみやこのやへざくら
の、奈良美也子

どちらも男装の麗人として世に聞えていた
小学生のぼくはさよならの語源はこれだと
半ば信じ半ば疑ってもいたが
好きな女の子の家の前をわざわざ通って
露骨に戸を閉《た》てて逃げこまれた夕方
ぼくの心こそ小夜奈良だった
その夜半ぼくは
かたぶくまでの月を見た

おおＴＡＫＡＲＡＺＵＫＡ１９８４

温く厳しい、いのちの川がここに流れている
大正三年〈小サイ湯ノ町宝塚ニ生レタソノ昔〉
十数名の少女が初めて演じた桃太郎の物語は
稚くとも心つくした演技、怜悧《れいり》な瞳の美しさに
人は心打たれたという
少女にふさわしく劇場も清げにささやかだったが
創始者小林一三の構想と肝っ玉と愛情は桁外《けたはず》れ
明治の「歌舞伎改良」と、オペラ上演の試みと
東と西、水と油が、校長先生の情熱で

地についた日本の「歌劇」に結実し
天下の子女にもてはやされる奇蹟がおこった
乙女子も、中学生も、熱き心に涙ながしき……
演じる人も見る人も、そんな様子であったという
大正半ば、既に関西を風靡した宝塚の歌劇は
昭和二年、日本に初めてレヴューも採り入れ
それから先は〈誰デモミンナ知ッテル〉通り
滔々《とうとう》と世界にタカラヅカを押出す勢い
精進の歴史は清く正しく美しくの三語に集約され
七十年間、受け継ぎ受け渡しきらめく乙女たち
されば〈オオ宝塚！〉
菫色のいのちの川が、新しい世紀の空を彩る

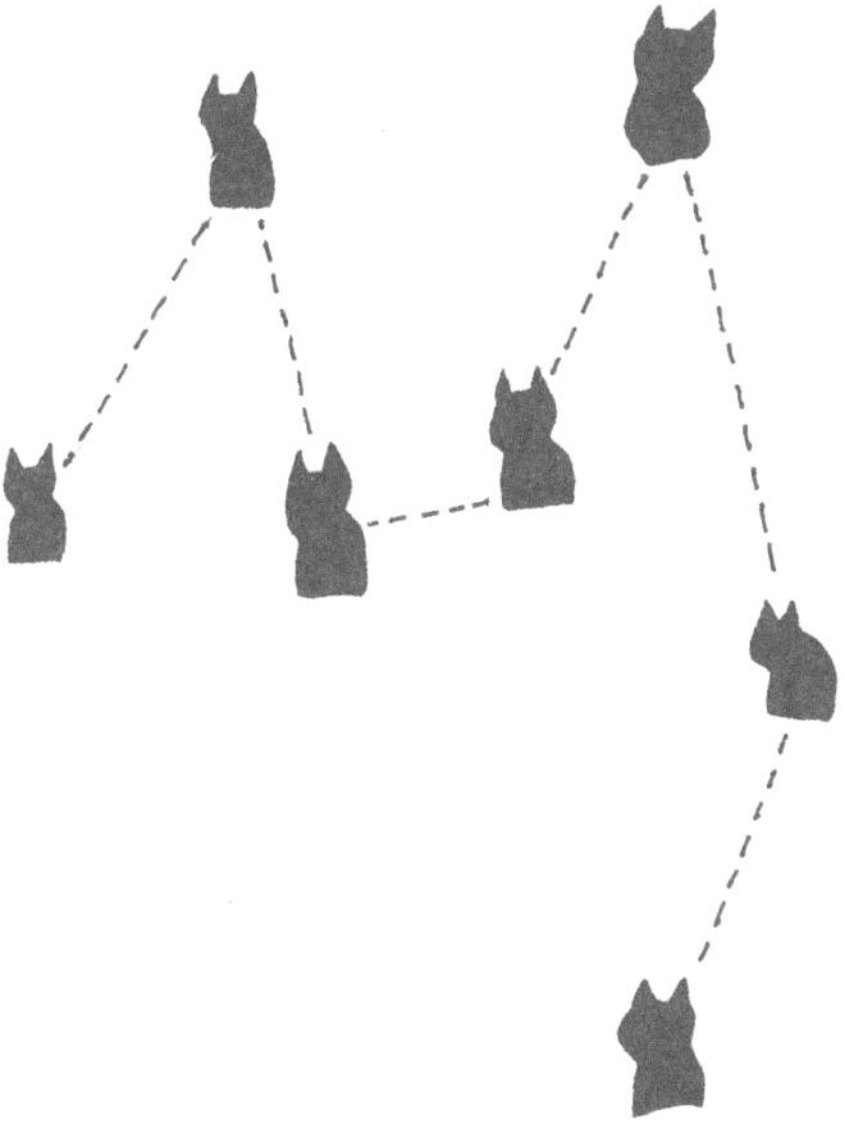

アンケートⅡ《ツー》
おかあさんを　なんとよびますか？

おむすびやさん　　おかか
ちゅうかりょうりやさん　ちゃーちゃん
かぎやさん　　カチャン
からす　　カーチャン
ガラス　　ガチャン
おさけ　　おかん

おこうちゃ
みかん
カンガルー
ラッコ
ヒヒ
へび
はしらどけい
パラシュート
あり

おかあちゃま
ママレード
おふくろ
だっこ
ハハ
ははじゃ
カッチン
おっかさん
ありのまま

アカシヤ

このみちの　なみきは？
あかしや

いつうえたの
むかしや

てまえの　みせは
おかしや

みせの　なまえは
　あかしや
はやりそうな　おみせね
　あかじや
あんた　かんさいうまれ？
　あかしや
もいちどきくけど
このみちの　なみきは？　（二行目にかえる）

チャンバラ時代

チャンチャンバラバラ
スナボコリン
キッタラチガデル
タァラタラ
キイチャンモ
タッチャンモ

ミンナオイデ
チカクバヨッテ
メニモミヨ
ヤァ　ヤァ　ヤァ　ヤァ
ワレコソハ
シンカゲリュウノ
イットウリュウ
ツカハラボクデンマタエモン
ミヤモトコジロウイットウサイ
ヨラバキッチャウ
スナボコリン
チャンチャンバラバラ

スナボコリン
ズボンガヤブレテ
スナボコリン
イットウサイガナキダシタ
タンマダ　タンマダ
スナボコリン
ツカハラボクデンカケヨッテ
マイタホウタイ
スナボコリン
スナボコ
スナボコ
スナボコリン

アカイユウヒモ
スナボコリン

ありがとう

有難う
アリガ10ピキ
イルモンカ

有難い
アリガ鯛ナラ
デンデン虫ヤクジラ

どうしてコドモたちは
いちいちさからったのか

お有難や
　アリはそのたび
いいめいわく

ゴーギャンに

やいゴーギャンおんどれあ
陰毛まっくろタヒチばばあの
濃厚彩色平べったい
からからのミイラばっかかきゃがって

ゴーギャン　タヒチは暑かんべ
死ぬ時あどうだった
モンマルトルの石甃で
頬っぺた冷やしたくなかったか

画を描くとは　ゴーギャン
すなわち
知らない浜辺で死ぬことか
砂だぜ　お前の食ってるのは
のたうちまわる
日が沈む

挨拶の下手な人に

昨夜《ゆうべ》辞書をひいておどろいた
挨《あい》は押し合う
拶《さつ》も押し合う
挨拶とは押し合いへし合いのことだった
ドリトル先生の両頭獣「pushmi-pullyu」を
井伏鱒二氏はオシツオサレツと訳されたが
人類も挨拶をする珍獣か

昔この字を習うとき
手偏《てへん》に「ム矢三《やみ》く夕」
むやみに食うから挨拶できない
なんて教わったんだけど
今朝《けさ》からぼくは押しくらまんじゅう
押されて泣くな、とがんばってる

いろはに　つねこさん

いろはにへとへと　ほがぬけて
ちりちりぬるぬる　をわかれよ
よだれたれそな　つねこさん
ならのむっちゃん　さようなら
うゐのうえのの　どうぶつえん
おくやまこえて　けふこえて

あさきひるきて　よるがきて
ゆめにみしみし　おおじしん
とんででもせず　ゑひもせず
きょうもねんねこ　つねこさん

そうだ村の村長さん

そうだむらの　そんちょうさんが
ソーダのんで　しんだそうだと
みんながいうのはウッソーだって
そんちょうさんがのんだソーダは
クリームソーダのソーダだそうだ
おかわり十かいしたそうだ
うみのいろしたクリームソーダ
なかでおよげばなおうまそうだ

クリームソーダのプールはどうだと
みんなとそうだんはじめたそうだ
そうだむらではおおそうどう
プールはつめたい　ぶっそうだ
ふろにかぎるときまったそうだ
そうだよタンサンクリームおんせん
あったかそうだ　あまそうだ
おとなもこどもも　くうそうだけで
とろけるゆめみてねたそうだ

まさしくんの　ほんとこうた

きました

あさが　きました
きました
きました
「きました」は　うれしい

おじいちゃんが　きました
うれしい
うれしい
「うれしい」が　きました

はのは

あははの　はのはの
はが　ぬけた
やねのむこうへ
ぽんとなげた
あははの　はのはは
どこいった
さがしているまに
また　はえた
　はのは

あははの　はのはが
また　ぬけた
かみにつつんで
はいどうぞ
あははの　はのはを
どうしよう
かんがえてるまに
また　はえた
　はのは

おす！

まどあけて　おす！
手をあげて　おす！
かけてって　おす！
あうときは　おす！
いきものの　挨拶
どんなときにも　おす！

にくしみあう日
ねたみあう日
いきものたちは　何も言わず
さそりの目　もずの目で
たがいに　一べつするだけさ
すなわち　彼ら石となる

凍ってしまった　時間の中で
化石と化石は考える

おれはもう息がつまる
あいつも　うずうずしだした頃だ

さそりともずは　かけだした
化石の森から　風と光のひろっぱへ

そして
いつもの　おす！
あうときは　おす！
ぼくたちは　せんげんする
どんなときにも　おす！

あんた　あんた　ちょっと

あんたあんたちょっと　どうしたの？
みかけによらない　おこりんぼ
それっぽっちのことじゃない
はなのあなをふくらさないでよ
あんた　ちょっと　みかけに　よらない
日本一の　ぱかぱか　ぷう

あんたあんたちょっと　どうしたの？
みかけによらない　ひとですね

どうだっていいことじゃない
おでこにしわがよりますよ
あんた　ちょっと　みかけに　よらない
日本一の　ぱかぱか　ぷう

と、言われてますます腹立てて
眼玉をぐるぐるまわすなら
あんた　ちょっと　みかけに　よらない
日本一の　くるくる　ぱあ
（くるくる　ぱあ
　ぱあ……）

かたたたきの　たたきかた

よむひとは、できれば声にだして、ひといきにどうぞ

かたたたきは
かたかたとたたくか
たかたかとたたく
たたきたたきたしかめて
かたいかたから
かためてたたく

かたくこっても
たかがかた
かったかたかた
たたきにたたく
いたたといっても
またたたく
またたくうちに
かたこってきて
かたたかたかたたたかれた

きまりことば

ぽかぽか　おひさま
そよそよ　はるかぜ
てくてく　あるけば
るんるん　たのしい
えっちらおっちら　さかみち
たらたら　いいあせ
ごくごく　みずのむ

へとへと　おつかれ
ぺこぺこ　おなか
やれやれ　きゅうけい
ぎらぎら　ゆうひだ
よたよた　もどって
ぴんぽーん　ただいま
むしゃむしゃ　ごはん
じゃぶじゃぶ　おふろ
ばたんきゅう　おやすみ

さみしい　さしみ

さみしい　さしみ
さらのうえ
なにみてる
うみみてる
なみみてる
たべてるひとの
みみみてる

さしみ　みばかり
たましいは
いたましや
いたまえさんが
いためてたべたと
いいました

わさび　そなえて
さびしい　さしみ

どじょうだじょ

どじょうは　くろくて
ぬるぬるしてて　すばやいじょ
ひげやなんかも　はやしてて
それでもキュッと　なくんだじょ

どじょうの　すみかは
どろどろしてて　つめたいじょ
ひげやなんかも　そらないで
ひとりでキュッと　なくんだじょ

たまごで　とじたら
ことことにえる　どじょうだじょ
ひげやなんかも　そのままで
おなべでキュッと　なくんだじょ

いたいいたい虫

死ぬほどいたい病気にかかったお婆《ばあ》さんが
いたいいたい虫の絵をかきたいと言った
それはどんなかたちの虫ですか
と、ぼくがきくと
とげがいっぱいあるみたい、という
ウニみたいなものですか、ときくと
ムカデの足ににてるという
まっくろですか、ときくと
青いようでもある、という

長いですか、ときくと
すごく速《はや》いわ、という
とがってるんでしょう、ときくと
重い日もあるから困《こま》っちゃう、と笑《わら》った
お婆さん、お婆さん、とぼくは言った
いたいいたい虫はいつくるの
もうきたわ、とお婆さんは言って
長くて速く、重くてとがったうめきを立てた
部屋中に青いようで黒いとげが立った
いたいいたい虫と一緒《いっしょ》にお婆さんは死んで
まるで楽しそうな声だけ残ってる
いたいいたい虫の絵をかきたいな、と

ああめん　そうめん

ああめん　そうめん
ひやそうめん
夕日にそめた
ひやそうめん
ぶりきたたいて
かんからかん

とうさんいびょうで
死んじゃった
ああめん　そうめん
ひやそうめん
夕日にまっかなひやそうめん

さんびか

ぐっとばあい
ぐっとばあい
びいおおれす
かんだんつるう！
なんのことだか
わからない

なんのことだか
わからんが
これをうたえば　さよならだ

"Good-bye good-bye,
Be always kind and true!!"

お経

電《でん》車《じゃあ》馬《ばあ》車《じゃあ》自《じい》動《どう》車《じゃあ》
人《じん》力《りき》車《しゃあ》力《りき》自《じい》転《てん》車《しゃあ》
交《こう》通《つう》地《じい》獄《ごく》通《つう》勤《きん》者《しゃあ》
受《じゅう》験《けん》地《じい》獄《ごく》中《ちゅう》高《こう》生《せえ》
合《がっ》唱《しょう》練《れん》習《しゅう》土《どう》曜《よう》日《びい》
空《くう》腹《ふく》帰《きい》宅《たく》晩《ばん》御《ごう》飯《はあん》

おべんとう

ゴハンの上に
カツオブシ
カツオの上に
またゴハン
そのまたうえに　カツオブシ
カツブシゴハンだ
すてきだろ
どこからたべても
でてくる

カツオブシ

ゴハンの上に
イリタマゴ
タマゴの上に
またゴハン
そのまたうえに　イリタマゴ
イリタマゴハンだ
すてきだろ
どこからたべても
でてくる
イリタマゴ

きつねうどん

きつねうどんを
しってるかい
ただのうどんじゃ
ないんだよ
ざぶとんみたいな
あぶらげが

どかんとあぐらを
かいてんだ

きつねうどんが
うまいのは
ピューピュー風の
さむい日だ
フッフー　チュルリ
フッフー　チュルリ
口とんがらせて
たべるんだ

きつねうどんの
おおもりを
三ばいたべたら
ごうけつだ
どんぶりかかえた
おじさんの
耳がピクピク
うごいてる

まんじゅうとにらめっこ

まんじゅう
まんじゅうくん
にらめっこしよう
うすちゃいろの　ハゲあたま
おかしくないぞ
たべたくないぞ
　ウン　ウン

まんじゅう
まんじゅうくん
にらめっこよそう
うすちゃいろの　コゲまんじゅう
やっぱりまけた
たべたくなった
　パク　パク

おなかのへるうた

どうしておなかがへるのかな
けんかをするとへるのかな
なかよししててもへるもんな
かあちゃん　かあちゃん
おなかとせなかがくっつくぞ

どうしておなかがへるのかな
おやつをたべないとへるのかな
いくらたべてもへるもんな
かあちゃん　かあちゃん
おなかとせなかがくっつくぞ

やきいもグーチーパー

やきいも　やきいも
おなかが　グー
ほかほか　ほかほか
あちちの　チー
たべたら　なくなる
なんにも　パー
それ　やきいも
まとめてグーチーパー

たべちゃえ　たべちゃえ

たべちゃえ　たべちゃえ
どんどこ　どん
やめられないもん
おいしいんだもん
せかい　いっぱい
ほおばって
どこ　どん

たべちゃえ　たべちゃえ
ばんばか　ばん
やめられないもん
おいしいんだもん
おなか　いっぱい
たたいて
ばか　ばん

びりの　きもち

びりのきもちが　わかるかな
みんなのせなかや　足のうら
じぶんの鼻《はな》が　みえだすと
びりのつらさが　ビリビリビリ

だからきらいだ　うんどうかい
まけるのいやだよ　くやしいよ
おもたい足を　追いぬいて
びりのきもちが　ビリビリビリ

木の葉聖書《せいしょ》

神さん
なんでおれひとり
いじめられてばっかり
おらんならんのか
と、悲しむ者は
しあわせや
木の葉が一枚
おまえの肩《かた》にとまっても

泣《な》くほどうれしく
なるやろが
ほんまにわしは
きみらに告げる
わし一枚が
風に吹《ふ》かれて落ちるのも
じぶんかってに
ひらひらするのやないわいな
とこ
とんやれな

おれはもうダメだ

気がついたら
「おれはもうダメだ」が
あいさつの言葉になっていた
我ながら誰に向かって言ってるのだか

真夜中思わず声に出し
あわてて木に竹つぐように
「神さま、ありがとうございます」と
口先だけで付け足している

老年について

老年を自覚したら誰でも六年生になれます
来年はぜひ五年に進級なさるように
四年生は生意気ざかり
そこから三年に上がるのが存外むずかしい
でも難関を手間かけてすり抜けると
いちめん花咲く二年生・一年生
これで卒業か、と早合点めさるな

まだ幼稚園、託児所、前途夢多シ
新しい誕生を祝う日までは

おしえて下さい

おねがいします　おしえて下さい
バカな娘が
恥をしのんで　質問します

「愛することは　うたがうことなの？」

「愛することは　あきらめることなの？」

おねがいします　こたえて下さい
バカな娘が
今日もこりずに　質問します

「愛することは　堪えることなの？」

「愛することは　別れる……ことなの？」

パンツとアタマ

女の子はパンティをはいてる
ぼくら男の子はパンツをはいてる
パンティとパンツのちがいは何か
パンティは右足からはくが
パンツは左足からはく
と思ったがその逆《ぎゃく》も多い
パンティは花やレースがついている

パンツにはあまりいろいろついていない
と思ったがマンガのついたパンツもあった
男の子はパンティを見たがる
女の子はパンツを見たがらない
と思ったが見たがる女も見たがらない男もいた
パンティはかくれておろして小便するが
パンツは立ったまま堂々とおしっこ
これで決まりだ、例外なし！
「なにしろパンティは英語でパンツは日本語だもんな」
と言ったらリエコにせせらわらわれた
「両方とも英語だよ、パンツよりアタマの心配しな」

葉月

こんやは二時間も待ったに
なんで来てくれなんだのか
おれはほんまにつらい
あんまりつらいから
関西線にとびこんで死にたいわ

そやけどあんたをうらみはせんで
あんたはやさしいて
ええひとやから
ころしたりせえへん
死ぬのんはわしの方や
あんたは心がまっすぐして
おれは大まがり
さりながら
わいのむねに穴あいて
風がすかすか抜けよんねん
つべとうて
くるしいて

まるでろうやにほりこまれて
電気ぱちんと消されたみたいや
ほんまに切ない　お月さん
—お月さん　やて
あほうなことを云いました
さいなら　わしゃもうあかへん
死なんでおれへん
電車がええのや
ガーッときたら
ギョキッと首がこんころぶわ
そやけど
むかしから

女に二時間待たされたからて
死んだ男がおるやろか
それを思うとはずかしい

練習問題

「ぼく」は主語《しゅご》です
「つよい」は述語《じゅつご》です
ぼくは　つよい
ぼくは　すばらしい
そうじゃないからつらい

「ぼく」は主語です
「好《す》き」は述語です
「だれそれ」は補語《ほご》です
ぼくは　だれそれが　好き
ぼくは　だれそれを　好き
どの言い方でもかまいません
でもそのひとの名は
言えない

ねこをかうきそく

かわいいこねこもすぐどらねこになる
かわいいこねこもおしっこうんこをする
だからといっておこらぬこと
じぶんのきらいなおかずをそっと
ねこにたべさせてはならぬ
あついトタンやねにねこをおいて
おどりをおどらせてたのしんでもならぬ
つめをきってはならぬ

ひげをそってはならぬ
しっぽをぶらさげることをきんず
ねこをいじめたくなったら
ねこのせんぞはりっぱなトラであることを
よくおもいだせ
ねこがきんぎょをとったりしたら
ねこに、せんぞがトラであることを
よくよくおもいださせてやる
ねこがふりょうになるのは
かいぬしのきょういくがわるい
　みぎのきそくをさいごまでわすれません
8がつあつい日　　　　　　　ぼく

編者あとがき

田中和雄

阪田寛夫さんといえば、童謡「サッちゃん」の作詞家と書くのが常識です。歌ってしまうとうかうか子どもの童謡と見誤りすが、詩として読むと、人間に在る深い寂しさを描いた現代詩であることが見えてきます。まど・みちおさんの「ぞうさん」もそうです。ぞうの子どもが鼻の長いぞうに生まれた自分が嬉しいと歌う存在の詩で、まさに現代詩そのものです。

小説で芥川賞をとりながら筆運に恵まれなかった阪田さんは童謡や子どもの詩を書くことで生計を立て、日本人には類まれなユーモアを駆使して、劣等感を描いた「びりの　きもち」、失恋の苦悩をえぐった「葉月」「練習問題」、ことば遊びの傑作「どじょうだじょ」「お経」「ああめん　そうめん」など抱腹絶倒の詩をたくさん遺してくれました。

この詩集では編者は冒頭に「ねこふんじゃった」を置き、トリの詩を「ねこをかうきそく」としました。「ねこふんじゃった」は作者不詳とされていますが、ドイツの作曲家フェルディナント・ロー作という説もあります。阪田さんが替え歌に作りかえたものです。

編者と阪田さんは幼いころの猫と遊んだ話で盛り上がり、声をひそめて「ねこごめんなさい」と口ずさんだりしました。

また、阪田さんは音に聞こえた宝塚ファンで、女の子に生まれていたら宝塚に入りたかったほどで、やがて二女のなつめさんが大浦みずきとなり宝塚の夢が果たされたのでした。

編者は、今も、「おれはもうダメだ」とつぶやく阪田さんの声が聞こえます。阪田さんは満面の笑みをうかべながら「おれはもうダメだ」を繰り返してぼくを笑わせてくれました。

まさしくんの　ほんとこうた　きました

「ほんとこうた・へんてこうた」大日本図書

はのは「サッちゃん」国土社

おす！「阪田寛夫全詩集」理論社

あんた　あんた　ちょっと「阪田寛夫全詩集」理論社

かたたたきの　たたきかた

「まどさんとさかたさんのことばあそび」小峰書店

きまりことば「まどさんとさかたさんのことばあそび」小峰書店

さみしい　さしみ「まどさんとさかたさんのことばあそび」小峰書店

どじょうだじょ「ばんがれ　まーち」理論社

いたいいたい虫「ばんがれ　まーち」理論社

ああめん　そうめん「詩集 わたしの動物園」牧羊社

さんびか「詩集 わたしの動物園」牧羊社

お経「夕方のにおい」教育出版センター（銀の鈴社）

おべんとう「夕方のにおい」教育出版センター（銀の鈴社）

きつねうどん「ぽんこつマーチ」大日本図書

まんじゅうとにらめっこ「サッちゃん」国土社

おなかのへるうた「サッちゃん」国土社

やきいもグーチーパー「詩集 サッちゃん」講談社

たべちゃえ　たべちゃえ「サッちゃん」国土社

びりの　きもち「ばんがれ　まーち」理論社

木の葉聖書「ばんがれ　まーち」理論社

おれはもうダメだ「含羞詩集」河出書房新社

老年について「阪田寛夫全詩集」理論社

おしえて下さい「阪田寛夫全詩集」理論社

パンツとアタマ「阪田寛夫全詩集」理論社

葉月「詩集 わたしの動物園」牧羊社

練習問題「詩集 サッちゃん」講談社

ねこをかうきそく「夕方のにおい」教育出版センター（銀の鈴社）

出典一覧

ねこふんじゃった「夕方のにおい」教育出版センター（銀の鈴社）
あそぼ「含羞詩集」河出書房新社
ニンゲン「ぽんこつマーチ」大日本図書
おとこの子「阪田寛夫全詩集」理論社
サッちゃん「ぽんこつマーチ」大日本図書
おおきい　ちいさい「阪田寛夫全詩集」理論社
すき　すき　すき「ほんとこうた・へんてこうた」大日本図書
いちばんすきなひと「阪田寛夫全詩集」理論社
イツ子先生「阪田寛夫全詩集」理論社
おかあさんをさがすうた「サッちゃん」国土社
かぜのなかのおかあさん「サッちゃん」国土社
あまえんぼう「阪田寛夫全詩集」理論社
なまえ「ちさとじいたん」岩崎書店
あさ「ちさとじいたん」岩崎書店
おとうさん「サッちゃん」国土社
父について「阪田寛夫全詩集」理論社
せなかの　さかみち「サッちゃん」国土社
われ鍋・とじ蓋について「阪田寛夫全詩集」理論社
老老介護について「阪田寛夫全詩集」理論社
さよなら「含羞詩集」河出書房新社
おお TAKARAZUKA1984「阪田寛夫全詩集」理論社
アンケートII　おかあさんを　なんとよびますか
「まどさんとさかたさんのことばあそび」小峰書店
アカシヤ「あんパンのしょうめい」小峰書店
チャンバラ時代「ぽんこつマーチ」大日本図書
ありがとう「含羞詩集」河出書房新社
ゴーギャンに「詩集 わたしの動物園」牧羊社
挨拶の下手な人に「含羞詩集」河出書房新社
いろはに　つねこさん「ばんがれ　まーち」理論社
そうだ村の村長さん
「まどさんとさかたさんのことばあそび」小峰書店

この詞華集は『阪田寛夫全詩集』（理論社）二〇一一年四月第一刷
を底本としました。
JASRAC 出 2302061-301

童話屋の本は
お近くの書店でお買い求めいただけます。
弊社へ直接ご注文される場合は
電話・FAX などでお申し込みください。
電話 03-5305-3391　FAX 03-5305-3392

阪田寛夫詩集　ねこふんじゃった

二〇二三年五月二七日初版発行

詩　阪田寛夫
発行者　岡充孝
発行所　株式会社　童話屋
〒166-0016　東京都杉並区成田西二―五―八
電話〇三―五三〇五―三三九一
製版・印刷・製本　株式会社　精興社
NDC九一一・一六〇頁・一五センチ

ISBN978-4-88747-147-4